AF459885

J. POISLE DESGRANGES

LE ROMAN
A L'EAU-FORTE

EN DOUZE CHAPITRES INÉDITS

ILLUSTRÉ

PAR ALFRED TAIÉE

> La feinte est un pays plein de terres désertes.
>
> LA FONTAINE.
>
> Le roman sait nourrir bien des bouches ouvertes.

PARIS

LIBRAIRIE BACHELIN-DEFLORENNE

3, QUAI MALAQUAIS, 3

SUCCURSALE : 10, BOULEVARD DES CAPUCINES

ET PLACE DE L'OPÉRA, 6

1874

LE ROMAN

A L'EAU-FORTE

ÉDITION DE LUXE

TIRAGE A 160 EXEMPLAIRES

---

100 exemplaires	sur papier extra-fort, au prix de.		8 fr.
50	—	sur beau papier de Hollande. . .	10 fr.
10	—	sur papier de Chine.	20 fr.

A part, 1 exemplaire sur peau de vélin.

N° 

L'édition des *Sonnets impossibles* est épuisée depuis longtemps.
On a réservé seulement huit exemplaires, au prix de. . . 10 fr.

J. POISLE DESGRANGES

LE ROMAN

A L'EAU-FORTE

EN DOUZE CHAPITRES INÉDITS

ILLUSTRÉ

PAR ALFRED TAIÉE

La feinte est un pays plein de terres désertes.

LA FONTAINE.

Le roman sait nourrir bien des bouches ouvertes.

PARIS

LIBRAIRIE BACHELIN-DEFLORENNE

3, QUAI MALAQUAIS, 3

SUCCURSALE : 10, BOULEVARD DES CAPUCINES

ET PLACE DE L'OPÉRA, 6

1874

Alfred Taiée del. & sc. Imp. A. Cadart.

PRÉFACE A L'EAU-FORTE

David sans sa harpe
A-t-il su charmer?
Vénus sans écharpe
Pouvons-nous l'aimer?

Tout roman m'en...nuie terriblement et m'en...dort!

« C'est fort surprenant, » direz-vous. Cette réflexion, je me la fais moi-même en voyant ma portière veiller chaque soir, en société d'un roman de Ponson du Terrail, ou de l'un des auteurs de la société Tropmann de Paris. Et je me félicite, par parenthèse, du mauvais goût de ma portière, attendu que sa lecture de drames plus ou moins sanglants me permet de rentrer chez moi à l'heure de minuit sans qu'elle ait eu sujet de s'en plaindre.

Je sais que l'on peut me chercher chicane en me demandant s'il est bien nécessaire pour moi de rentrer tardivement au logis; mais ma réponse n'aura rien d'équivoque si je vous dis que j'évite précisément de me coucher de bonne heure pour ne pas m'adonner à la lecture... des romans de notre époque.

Que voulez-vous? le roman est ma bête noire. On a beau me répéter que cette bêtise-là amuse les sots, et qu'elle procure de l'argent aux hommes d'esprit; je ne m'en crois pas assez pourvu pour me faire inscrire sur leur liste.

Je laisse à ma portière le soin de mettre le navet creux dans son pot-au-feu et d'en retirer le bouillon avec son écumoire.

« Vos confrères, me dira-t-on, sont millionnaires, parce qu'ils savent cultiver le fameux navet dans le journal aux canards.

— Tant mieux pour eux.

— La plupart sont décorés.

— Je les en félicite. Continuez, mes amis, à faire prospérer le roman pour la glorification des pensionnaires de Toulon et leur avénement à

l'abbaye de Monte-à-regret ; *cela ne me touche pas. Le journal vous paye, le public vous lit... continuez!... Plusieurs d'entre vous sont morts à la tâche ou sont devenus fous ; peu m'importe!... continuez toujours!...* »

C'est hier que je lançais cet anathème furieux contre les romanciers, lorsqu'un aquafortiste de mes amis est venu me dire :

« *Voulez-vous écrire un* Roman... à l'eau-forte ?

— *Un* Roman à l'eau-forte ! *m'écriai-je, voilà du nouveau. Qu'est-ce que c'est que cela?*

— *Rien de plus naturel. Vous avez fait des* Sonnets impossibles ; *je sollicite à présent un* Roman impossible, *quelque chose de heurté, d'invraisemblable si vous le voulez, pourvu que ce ne soit pas une composition en vers. On a eu de la peine à accepter vos sonnets monosyllabiques ; que serait-ce si vous osiez nous donner aujourd'hui des vers de deux ou trois syllabes? On ne vous lirait plus, mon cher!*

— *Eh bien! dans ce cas, je consens, comme M. Jourdain, à faire de la prose à mon insu si vous voulez bien me venir en aide. J'accepte le* Roman à l'eau-forte *d'autant mieux que ce travail, si peu intéressant qu'il puisse être, me procurera du moins l'avantage de ne pas dormir sur celui des autres.* »

Marchons gaiement ensemble comme les deux bergers de Virgile, sans nous disputer le pas l'un à l'autre. Et déjà ma préface est lancée, songez que vous lui devez le trait de votre délicate pointe pour que ma plume conduise le roman à bonne fin.

LE ROMAN

A L'EAU-FORTE

LE MATIN DU CRIME

Une — deux — trois ! Je commence :

Le soleil s'était couché entre deux draps de sang. La terre fumait comme un bain de lessive... bouillante. Et les oiseaux, qui rasaient de l'aile le sol brûlant sur lequel je me plais à transporter le lecteur, semblaient vouloir nous apprendre, par leurs bâillements réitérés, que la chaleur du jour avait été tropicale.

Ouf!...

En effet il avait fait chaud ce jour-là dans... à...

J'ai pour l'instant oublié le nom des lieux... de l'endroit, non, du site où nous sommes; mais il est probable que la mémoire me reviendra dans le courant du récit. Au surplus, le nom d'une ville ou d'un village n'ajoute rien à la beauté du roman.

Qu'il vous suffise de savoir que la contrée, le pays où je vous ai introduit est entouré de cimes agrestes, et que dans l'antre profond, dans la gorge de certaines montagnes, il y a des brigands.

Leurs cavernes sont tellement bien abritées par l'ombre et le mystère que tous les Jacquin, Jacard et Javert de la haute police ne seraient pas de force à en découvrir l'entrée.

Ceci est pour la description topographique qui n'est pas encore terminée et sur laquelle nous reviendrons infailliblement.

En ce qui concerne les brigands, je dois dire que ce sont des brigands bien élevés; car ils ont l'habitude d'aller au loin pour exercer leur honorable industrie.

Cette précaution, de leur part, explique

parfaitement le calme et la tranquillité des habitants, qui n'ont rien à redouter de ces brigands honnêtes. Ils peuvent se promener à cheval la nuit sans éveiller aucun soupçon, puisque la lune les éclaire comme de bons gendarmes.

Et puisque la lune, en ce moment, montre sa tête de mort à travers les branches d'arbres, regardons-la, cher lecteur; car j'aime à la voir distribuer ses losanges de nacre et d'argent sur les toits; j'aime que le lac tranquille soit troublé par le brillant de ses yeux et qu'elle jette sa langue de chat sur le bord de la nacelle abandonnée.

Une lune silencieuse se promenant gravement au-dessus des toits, qu'y a-t-il de plus imposant? Car il y a des habitations dans cette adorable contrée; il faut bien que j'en parle. Il est même nécessaire que je vous fasse remarquer sur la gauche du paysage, à deux tiers de la colline, un vieux château féodal flanqué d'un certain nombre de tourelles.

Ce château démantelé, aux murailles lézardées, sur lesquelles le lierre s'accroche aisément, je vous en ferais bien la peinture complète; mais il est de mon devoir de ne pas anticiper sur les droits de mon collaborateur, qui, *par suite* du traité que nous avons conclu, ne manquera certainement pas de vous offrir *un château à l'eau-forte.*

Nous disions donc que la lune penchait l'œil droit du côté des brigands tout en éclairant à gauche les chaînes rouillées du pont-levis du vieux manoir, quand tout à coup l'aube apparut, vêtue de sa longue robe blanche, semblable à celle de la vierge qui veillait au château du duc de... le nom finit en O. Je ne vous le donne pas parce qu'il est difficile à prononcer.

« Pourquoi veillait-elle, la jeune vierge?

— Ah! pourquoi? *La suite* des événements vous l'apprendra. »

Ce qu'il y a de plus certain c'est qu'elle n'était pas seule à veiller. On apercevait à l'une des fenêtres des tourelles la lueur d'une chandelle qui devait s'éteindre.

C'était peut-être la lumière d'une gouvernante qui avait oublié de la souffler après avoir lu le *Petit Journal*. C'est ce que nous saurons encore *par la suite*, s'il y a lieu.

Pour l'instant je n'ai rien à dire si ce n'est que le jour luit pour tout le monde, et que par des détours adroits, c'est moi qui suis parvenu à le faire luire en vous entretenant de la lune et du soleil.

Mais chut! et que la critique se taise; car nous sommes arrivés *au matin du crime*.

La suite au prochain numéro.

QUEL EST CET HOMME?

Nous avions l'intention collégienne d'écrire en latin l'en-tête du présent chapitre; mais nous avons pensé qu'il y aurait assez de choses incompréhensibles dans notre roman sans y ajouter celle-là. Arrivons donc à l'histoire :

Un homme se promène comme une ombre au milieu des champs déserts.

Il arpente, il arpente le terrain. Serait-ce le Juif-errant? Non, sa tournure est différente.

Il est grand, bien découplé, et porte le chapeau gris à plume sur le coin de l'oreille.

Sa main gantée s'appuie sur le pommeau d'une longue rapière qui, par derrière, relève un pan de son manteau. Ses bottes montent jusqu'à la hauteur des genoux. Il a l'air martial, la moustache brune taillée comme celle d'un mousquetaire; c'est d'Artagnan.

Mais si la chaleur l'oblige à retirer son manteau, et qu'il tienne son chapeau à la main, sa forme prend alors un tel amaigrissement que son ombre fugitive dessine sur les rochers la silhouette de Méphistophélès.

Et quiconque connaît l'homme que nous venons de dépeindre sait qu'il y a réellement chez lui quelque chose de la nature de Satan.

Sa jeunesse, et il est tout jeune encore, a été fort joyeuse; il a vidé plus d'une fois la coupe du plaisir en prenant soin de la remplir coup sur coup. Il a tout vu, tout connu, puis il est devenu l'homme blasé. C'est alors que l'étude lui a tendu les bras; mais il ne s'y est pas jeté parce qu'il savait bien qu'un bon oncle lui laisserait un jour assez de fortune pour apprendre à la dissiper sans maître.

Avouons cependant qu'il s'adonna à la lecture à la façon de Don Quichotte, et qu'il passait ses insomnies au milieu des romans les plus échevelés. Il resta toutefois le grand admirateur d'Alexandre Dumas, et cette juste appréciation aurait pu le sauver de beaucoup de folies s'il n'avait pas pris à la lettre toutes les aberrations fantasques du spirituel causeur.

Il devint sec, arrogant, dissipateur, joueur, menteur, provocateur et ne trouva rien de mieux que de s'habiller en mousquetaire pour courir l'aventure.

Voilà pourquoi nous le retrouvons sous le costume de d'Artagnan; mais c'est l'âne revêtu de la peau du lion. Et maintenant que vous avez le portrait de l'homme, je dois vous dire son nom... de guerre.

Il se nomme le baron Robert de Laverdure. Les étudiants du quartier latin l'appelaient autrefois Robert tout court. Mais les titres naissent avec les héritages. Demandez à... Non, ne demandons rien à personne; car la noblesse est aussi notre apanage à nous autres romanciers, nous qui d'un mot formons un comté ou un marquisat, et qui pouvons le biffer d'un trait de plume. Quelle puissance !

Plus j'y pense, et plus je m'applaudis de notre *Roman à l'eau-forte !*

Mais je m'amuse à discourir, et je vais tomber dans la faute inévitable que je reproche aux autres. Marchons à travers champs, comme le baron Robert de Laverdure, et ne nous arrêtons pas.

Si, arrêtons-nous; car notre héros a l'intention de se reposer près d'un bois touffu qu'il vient de découvrir non loin du coteau.

Le voilà assis. C'est fort bien; mais il ne reste pas inoccupé; c'est le propre des esprits sérieux qui ont beaucoup lu.

Avec la pointe de sa longue épée il trace un cercle devant lui, et y dessine un petit amour au centre de gravité.

« Dans quel but?

— Vous ne devinez pas? Il vient d'écrire le nom de sa belle; car il en a une en perspective, là-bas, là-bas, sur cette colline d'où nous apercevons encore le château féodal. »

Féodal, ce mot donne du relief à notre roman, n'est-ce pas? Nous le répéterons.

Dans ce château féodal il y a un ange de vertu, une jeune fille ravissante de beauté, vous le savez; mais vous ignorez son nom et il est trop joli pour que j'oublie de vous l'apprendre.

La fille du duc en O se nomme Rondamour.

Voilà pourquoi le baron Robert de Laverdure a trouvé le moyen de le tracer en grand sous nos yeux. Il aurait pu l'écrire sur l'écorce d'un hêtre; mais c'eût été trop *rococo,* comme l'expression elle-même.

Quand il eut longtemps, longtemps examiné le nom discret que sa rapière avait confié au sable complaisant, il s'écria :

« O reine de mon cœur! vierge de ma pensée

vagabonde! je te jure amour, foi et fidélité constantes. Tu seras un jour, j'en fais le serment, la baronne de Laverdure, ou bien je me laisserai dessécher d'amour sur le sol brûlant de ce désert. »

A. Taiée del. & sc. Impr. A. Cadart.

DEUX ET UN FONT TROIS

Ce n'était pas comme dans l'opéra de *Guillaume Tell;* il était seul, bien seul à prononcer son serment solennel, lorsqu'il aperçut deux cavaliers sur la grande route, tous deux armés d'un journal qu'ils lisaient attentivement.

« C'est le moment de les interpeller, » se dit à lui-même le baron de Laverdure, et il alla au-devant d'eux.

« Holà! fainéants! est-ce la mode à présent de lire le journal en chemin au lieu de regarder devant soi?

— Nous ne lisons pas le journal, reprirent à la fois les deux cavaliers, c'est le feuilleton et non la politique qui nous occupe.

— Il est donc bien intéressant ce feuilleton?

— Ne nous en parlez pas, il est bête comme un amoureux.

— En ce cas pourquoi le lisez-vous?

— Pour tuer le temps en attendant l'heure de l'employer.

— A tuer quelqu'un.

— Si l'occasion est favorable.

— Dites profitable.

— C'est ce que nous voulions dire.

— Vous êtes les hommes que je cherchais.

— Sommes-nous sous vos ordres?

— Vous allez y être. »

Les deux cavaliers eurent l'air d'en douter. Le baron continua :

« J'attends de vous un service.

— Sera-t-il payé?

— Quelle sotte demande! A quoi vous sert de lire le journal si vous ne comprenez pas le français? Ai-je dit tout à l'heure que l'on devait travailler pour la gloire?

— Vous avez parlé d'actions profitables.

— Eh bien! pour vous prouver que ma logique est bonne, prenez cette bourse; elle est garnie d'or. Je ne compte jamais avec les gens qui me viennent en aide. »

Les deux cavaliers, après avoir secoué la bourse, vu et palpé les pièces, parurent satisfaits.

« Maintenant? dirent-ils.

— Maintenant vous allez m'obéir.

— De quoi s'agit-il?

— D'un rapt, d'un enlèvement.

— Près d'ici?

— Ici-même.

— Où est le trésor à enlever?

— C'est le mien.

— Le vôtre?

— Oui, c'est une femme.

— Ah! ah! quand la verrons-nous?

— Elle viendra tout à l'heure; car elle a

l'habitude d'errer seule le matin dans ces lieux déserts.

— Et que ferons-nous?

— Vous lui barrerez le passage pour qu'elle soit votre prisonnière. Si elle lutte, ne lui faites aucun mal. Si elle crie au secours, je serai dans le bois à portée de la délivrer, et vous me l'abandonnerez à la première menace et sans coup férir. »

Les brigands, car c'étaient des brigands, et vous n'en avez pas douté, sans cela mon *Roman à l'eau-forte* serait bien faible, les brigands, dis-je, consentirent au plan d'attaque, et voici ce qu'ils répondirent :

« Laissez-nous porter les journaux au chef de notre bande, et nous vous promettons de revenir incontinent.

— J'y compte! « répliqua le baron Robert de Laverdure en disparaissant dans l'épaisseur du bois.

Imp. A. Gadart.

LE FIL DE LA VIERGE

Avoir le fil est une expression hardie que l'on traduit de différentes manières.

La meilleure des traductions doit être dans le dictionnaire de l'Académie, et quelqu'un l'y trouvera un jour quand il paraîtra. Mais la découverte n'aura pas lieu tout de suite, attendu que l'apparition de l'important dictionnaire se fera encore longtemps attendre.

Il est bien fâcheux que les pauvres gens de lettres, ayant besoin de s'instruire, n'aient pas en perspective la longévité de Voltaire. La plupart meurent jeunes et ignorants; ils n'ont eu pour tout potage que les écrits saugrenus de leurs devanciers.

Faute du dictionnaire de l'Académie, et pour *avoir* la définition de *avoir le fil*, nous *avons* eu l'idée de consulter *les Excentricités du langage* par Lorédan Larchey.

Suivant l'expression de notre confrère, *avoir le fil, c'est être rompu à tel ou tel exercice.*

Passons à un autre.

Nous nous sommes vivement reporté au *Dictionnaire de la Langue verte.*

Son auteur, Alfred Delvau, qui nous apprend que certaines gens n'ont pas *le fil à couper le beurre*, a soin de placer l'adresse au mot *Fil* et dit positivement que : *Avoir le fil* c'est savoir comment s'y prendre pour une affaire.

Il a raison.

Delvau prétend aussi qu'il existe des gens qui ont *une araignée dans le plafond* et d'autres *une écrevisse dans le vol-au-vent.* Il aurait bien dû nous dire si cette phrase est applicable à certains faiseurs de romans; car le critique Delvau s'y connaît, lui qui a su faire revivre *la Comtesse de Ponthieu* et bien d'autres romans de chevalerie.

Je voudrais connaître par cœur toutes les locutions avancées du *Dictionnaire de la Langue verte;* je me servirais des plus fortes pour notre roman, et je pourrais peut-être me vanter *d'avoir le fil.*

Vous savez, cher lecteur, qu'on est toujours content de soi. Je le suis encore plus de ma dissertation. Elle pose un homme en faisant valoir la connaissance entière qu'il a des œuvres de ses contemporains. Heureux, cent fois heureux ceux qui, poussant encore plus loin leurs pas, peuvent s'introduire dans le domaine de la science archéologique à l'occasion d'un soupirail ou d'une gargouille!

C'est ainsi que Victor Hugo, dans son roman des *Misérables,* a su nous glisser son étude profonde des égouts de Paris.

Il a eu le fil.

Elle aussi devait l'avoir. *Elle,* c'est l'héroïne de notre *Roman à l'eau-forte;* c'est mademoiselle Rondamour. Son visage calme est l'image de l'océan Pacifique; mais ses yeux ressemblent à deux vagues bleues, lorsque la tourmente agite la mer. Sa chevelure, non, son cœur... Assez de détails!

Vêtue d'une longue tunique blanche, *elle* ne craignait pas de s'aventurer toute seule loin du château.

C'était le matin du crime. *Elle* ne se doutait pas de ce qui s'était tramé contre *elle,* la pauvre innocente. Rêveuse comme on l'est à seize ans, lorsqu'on s'ennuie dans un vieux manoir et qu'on a lu tous les livres de la bibliothèque de son père, *elle* s'était fait un plan de campagne, sans être général d'armée. Et ce plan devait réussir; car *elle avait le fil.*

« Le duc, disait-*elle,* ne songe pas à me marier. J'ai vu passer dans les environs certain gentilhomme qui ne me déplairait point du tout. Faisons semblant de cueillir des fleurs sur la route, ou de courir après les papillons, nous verrons bien celui qui se laissera prendre. »

N'est-ce pas *qu'elle avait le fil?*

Elle se mit donc à folâtrer, puis à fredonner gaiement la chanson guillerette dont voici le refrain :

Quand l'hymen l'oublie,
Fillette est marrie.
Vierge Marie!
Mariez-moi
Avec un brigand ou le fils du roi.

LE CRIME S'ACCOMPLIT

L'écho répétait la dernière note amoureuse de la chanson de la vierge au fil d'or, lorsque deux cavaliers débouchèrent d'un chemin opposé, à la façon des chasseurs adroits qui savent rabattre le gibier pour mieux l'enlacer dans leurs filets. C'étaient les superbes brigands payés au poids de l'or par le coupable baron de Laverdure.

Vous vous en doutiez, cher lecteur; mais je prends à tâche de blâmer l'obscurité de certains romans, c'est pourquoi je veux et j'entends être clair, même aux abords du bois le plus sombre.

Mademoiselle Rondamour, distraite comme toutes les jeunes filles qui font semblant de ne rien voir, mais qui cependant ne laissent rien échapper, avait parfaitement vu le cavalier qui se dirigeait de son côté.

Aucune émotion ne vint donc troubler ses sens; tout au contraire, car elle regarda l'homme et le cheval avec une attention soutenue.

« L'homme n'a rien de déplaisant, osa-t-elle dire. C'est un beau cavalier monté sur un superbe cheval. J'aime les beaux cavaliers!... Son uniforme me rappelle celui des corps francs du général Garibaldi... J'ai toujours aimé les Garibaldiens, à cause de leur chemise rouge... »

Le brigand *avait le fil*, et s'étant probablement douté qu'on l'examinait pour parler de lui, il n'en témoigna pas de déplaisir. Le fat!

On le vit ralentir le pas de son cheval fougueux pour donner le temps à la belle rêveuse d'achever tout haut son rêve.

« J'ai lu, ajouta-t-elle, dans la série des bons romans à deux sous, que les hommes qui ont la barbe rouge appartiennent aux contrées du Nord, mais qu'ils sont ardents et d'une galanterie à toute épreuve. Leur énergie ne leur fait jamais défaut. C'est précieux. Je viens de remarquer que ce cavalier a la barbe rouge, ce doit être un homme énergique; il doit avoir du caractère. J'aime les hommes qui ont du caractère, et si je me marie un jour, comme je l'espère, *je veux* que mon mari ait une volonté ferme, ce qui ne m'empêchera pas de conserver la mienne pour les bonnes occasions. Oui, *je veux!...*

— Pardon de vous interrompre, ma charmante, lui dit le brigand de sa voix la plus rude, vous qui causez si bien toute seule, *je voudrais* bien vous dire deux mots à l'oreille.

— Vous vous méprenez.

— Pas le moins du monde; car vous n'irez pas plus loin.

— Vous êtes notre capture, ajouta le second cavalier dont le cheval hennissant lui brûla l'épaule de son souffle.

— Deux hommes ! exclama Rondamour, je n'en avais vu qu'un. »

Elle toisa le second cavalier de la même façon qu'elle avait toisé le premier, et murmura tout bas :

« C'est aussi un bel homme, sa barbe noire est magnifique. »

Puis s'exprimant à haute voix :

« Voyons ! mes fiers cavaliers, vous êtes trop bien élevés, j'en suis sûre, pour me convoiter tous les deux à la fois. Je suis d'ailleurs une jeune fille honnête et de la plus haute condition. C'est vous dire que je ne supporterais aucun affront.

— Nous n'avons pas l'intention de vous maltraiter, cependant il faudra nous suivre.

— Où?...

— Vous êtes bien curieuse pour une jeune fille.

— Oh! je sais qui vous êtes, messieurs les

brigands; mais je vous prie d'être mus par un sentiment de clémence.

— Non, vous ne partirez pas! Le gibier pris n'a plus d'ailes.

— Grâce! je vous en prie!

— Vos prières sont inutiles; car je vous répète que vous nous suivrez.

— Je proteste.

— Obéissez!

— S'il faut obéir, j'y mets une condition.

— Laquelle?

— Je désire que le sort me fasse tributaire d'un cavalier et non de deux.

— C'est parler comme une reine! exclama Barbe-Noire.

— Tirons à la courte-paille, reprit vivement Barbe-Rouge.

— Il va donc falloir se soumettre? fit en sanglotant la belle Rondamour.

— Mille tonnerres! j'ai perdu, hurla l'un des brigands. Vous appartenez à Barbe-Rouge. »

La jeune fille cacha son visage entre ses mains.

« J'aurais mieux aimé être votre femme, dit-elle à Barbe-Noire.

— Il est trop tard, madame!... »

Au même instant les branches souples du bois s'écartaient pour livrer passage à un homme au front sévère, qui était armé d'un pistolet d'arçon.

« Arrêtez, scélérats! qu'allez-vous faire? cria-t-il de toute la puissance de sa voix. Je ne permettrai pas que le crime s'accomplisse. »

Disant ces mots, qui valaient bien une sentence de La Rochefoucauld, il déchargea son pistolet en l'air.

Rondamour tomba évanouie.

Ce que voyant les brigands, ils descendirent de cheval pour la relever; mais elle ne bougeait point.

« Aidez-moi, messieurs, dit le baron Robert de Laverdure, à la transporter sur un banc de mousse que j'ai préparé pour elle à deux pas d'ici... Là!... là!... tout doucement pour ne pas l'éveiller brusquement. J'ai un flacon de sels sur moi... Maintenant, je n'ai plus besoin de vous, au revoir!... Mille remerciements. »

Un rictus malicieux plissa les lèvres des brigands, qui disparurent après avoir enfourché leurs montures.

L'HERBE TENDRE

Ainsi que vous venez de le voir dans le chapitre qui précède, on se sert de tout le monde sur cette terre, même des brigands, quand on en a besoin, et on les congédie ensuite lorsqu'il est bon de se passer d'eux.

Le baron de Laverdure était resté en extase devant la jeune fille, qui réfléchissait longuement si elle devait sortir de son état demi-léthargique.

Enfin, au moment où le baron tremblant la regardait, peut-être d'un peu trop près, elle ouvrit doucement les yeux, comme les moules au bord de la mer quand le soleil semble vouloir les réchauffer; puis elle les referma sur-le-champ.

« Un homme! fit-elle, un homme! O mon Dieu! ayez pitié de moi.

— Ne craignez rien, adorable Rondamour, ne craignez rien, je suis là.

— Reculez!... Vous me faites peur.

— Je vous fais peur! Y songez-vous?

— Vous avez la barbe rouge.

— Regardez-moi, ma charmante, et vous verrez...

— Juste ciel! s'écria la jeune fille en rouvrant les yeux, il a la barbe noire... ah!... »

Ce dernier *ah!* culbuta le cœur du baron de Laverdure, qui prit chaleureusement la main de la belle.

« Monsieur le brigand, finissez!... Je ne vous permets pas cette familiarité.

— Monsieur le brigand?... A qui croyez-vous donc parler?

— N'étais-je pas tout à l'heure en puissance de deux maîtres qui m'ont tirée au sort? L'un avait une vilaine barbe rouge, et l'autre...

— C'était un brun, n'est-ce pas?

— Hélas!

— Eh bien! de ces deux brigands je ne suis ni l'un ni l'autre.

— Je ne vous connais pas, alors.

— Cruelle!... Vous ne vous souvenez donc pas d'avoir entendu un coup de pistolet?

— Si.

— Et d'être tombée évanouie?

— Si.

— Entre mes bras?

— En êtes-vous certain? Je n'ai plus rien entendu ni ressenti après le coup de feu, et je me suis crue morte.

— Vous ne l'êtes pas, Dieu merci!

— Grâce à vous; car ces brigands... Mais où sont-ils?

— Ils ont disparu.

— De sorte que vous êtes...

— Je suis votre libérateur, âme de ma vie, soleil de mes jours! C'est bien moi, Robert, baron de Laverdure.

A. Taite del. & Sc. Imp. A. Cadart.

MAIS QUELQU'UN TROUBLA LA FÊTE...

Il y eut en effet un instant de silence, mais qui fut bientôt troublé par l'apparition d'un nouveau personnage d'assez mauvaise figure et ressemblant fort à un spadassin.

« Qui vient nous déranger? demanda brutalement Robert.

— Moi...

— Qui, vous?

— Je suis le vicomte de Lameauvent, chevalier du Brouillard et comte de la Pluie. Excusez-moi si je viens troubler l'aiguille de votre baromètre ; le temps était trop beau pour la saison. »

— Par la sambleu! vicomte de malheur, vous saurez que le baron Robert de Laverdure n'est pas un homme à se laisser couper l'herbe sous le pied; que vos plaisanteries sont de fort mauvais goût, et que je n'attendrai pas le coucher du soleil pour vous montrer l'heure que marque au grand jour l'étendue de ma rapière. »

Disant ces mots il tira vivement le glaive du fourreau.

Lameauvent, de son côté, se mit en garde.

« Ne vous battez pas, fit la jeune fille.

— Connaîtriez-vous cet homme? demanda Robert.

— Je le connais sans le connaître.

— Où l'avez-vous connu?

— Mon père lui a refusé ma main.

— C'est dire qu'on vous avait demandée en mariage?

— Je l'avoue; mais mon père ne veut pas me marier.

— Il a mille fois raison, par la sambleu! s'il refuse des drôles de cette espèce. »

Et Robert se promena insolemment devant le vicomte, qui tordit sa moustache en signe de mécontentement.

« Baron, par pitié pour lui et pour moi...

— Je n'ai jamais eu de pitié pour un rival. Un petit écart, s'il vous plaît?

— Robert, ne soyez pas homicide. Dieu le défend!

— Éloignez-vous, je vous prie, le sang de cet homme pourrait rejaillir sur votre tunique blanche.

— Les malheureux! que vont-ils faire? Je retourne au château. »

Puis, en joignant les deux mains :

« Mon Dieu, ajouta-t-elle, ne permettez pas que le destin frappe ces deux hommes à la fois. Laissez-m'en un, à votre choix, et je prendrai soin de lui s'il est blessé. »

A. Taiee. S.L. & Sc.   Imp. A. Cadart.

UN DUEL A MORT

Le terrain sur lequel nous avons laissé nos deux champions est le même que celui où nous allons les retrouver le pied ferme, le jarret tendu et le haut du corps en avant.

Mais pour les placer dans cette posture respectable, il convient d'abord de leur faire mettre habit bas, et de les autoriser à garder leurs bottes, comme cela se pratique en pareil cas.

S'ils n'ont pas de tablier devan eux, comme les garçons bouchers, chacun a du moins retroussé avec soin les manches de sa chemise.

« Mesurons nos vieilles ferrailles, dit le baron Robert; je tiens à égaliser toutes les chances du duel.

— C'est aussi mon intention, répondit le vicomte.

— Elles sont de même longueur. Dieu l'a voulu! nous pouvons commencer. »

Et tout en jouant avec les deux rouillardes, Robert sut faire tournoyer en l'air celle de son adversaire pour la lui présenter ensuite du bon côté. C'était courtois.

« Je m'aperçois que nous n'avons pas de témoins, objecta Lameauvent.

— Des témoins, répliqua Robert, on n'en a pas besoin quand il s'agit d'un duel à mort.

— Ah ! c'est un duel à mort?

-- En auriez-vous douté un seul instant?

— Je n'ai jamais appris à douter, monsieur le baron.

— Vous êtes sûr de vous?

— Et de mon épée.

— J'en dis autant de ma rapière, qui est rudement trempée.

— La mienne accomplit des prodiges.

— C'est ce que nous verrons.

— Voyez-le donc dès à présent.

— Bien touché ! fit Robert. Mais il faut recommencer pour m'atteindre.

— Quoi, vous n'êtes pas atteint? Je me suis donc mis le doigt dans l'œil?

— Non, mais c'est moi qui vous pique.

— Une piqûre, en effet, et bien légère; car elle ne saigne pas... A mon tour.

— Je vous attends.

— Cette fois je vous transperce.

— Quelle force de poignet! le fer a passé sous mon aisselle.

— Le truc vous était connu?

— Parbleu!... vlan!... Que dites-vous de ce coup-là.

— Je dis qu'il a porté en pleine poitrine? mais je n'en mourrai pas. Vous pouvez continuer.

— Continuons.

— Ah! ah! cette fois c'est moi qui ai frappé. Voyez la blessure que vous avez au bras !

— Bast! il fait si chaud que le soleil cicatrise ma plaie pendant que vous la regardez... Parez donc cet échappé.

— Vlan! pour de bon. Baron, je suis refait au même, vous me clouez cette fois. Ah! vous êtes une fine lame!... Mais retirez-la de mon corps, je vous prie... Elle me gêne.

— Je ne demande pas mieux.

— Maintenant, essuyez votre épée pour qu'elle glisse moins facilement, s'il vous plaisait encore de me transpercer.

— Je l'espère bien... Mais votre sang coule à flots.

— Oui; si on pouvait l'arrêter?...

— Avec quoi?

— J'ai toujours l'habitude, quand je dois me battre, de me précautionner d'un rouleau de taffetas d'Angleterre, couleur rose.

— Vous l'avez sur vous?

— Non, mais si vous le permettez j'irai le prendre dans la poche de mon habit que j'ai laissé au fond de la grotte.

— Si je le permets! malpeste! si je le permets! Pouvez-vous en douter? Nous ne sommes pas des tigres alléchés par le carnage. Et nous pouvons bien nous reposer l'un et l'autre un moment.

— Oh! je ne demande pas un long sursis. Accordez-moi seulement le temps nécessaire pour tailler quelques bandelettes de mon taffetas réparateur.

— Taillez-les à votre aise. Je puis même, si vous le voulez bien, vous aider dans le pansement.

— Je n'osais pas vous en prier.

— Quelle timidité!... Donnez donc que je...

— Est-ce fait?

— C'est collé... En garde à présent.

— En garde vous-même.

— Je vous attaque.

— On sait se défendre.

— Retouché.

— C'est un prêté pour un rendu.

— Je ne sens rien.

— Cependant je vous frappe coup sur coup...

— Je suis insensible, vous dis-je.

— C'est comme moi. Je me rappelle avoir reçu, de certain adversaire, trois cent soixante-cinq coups d'épée sans broncher.

— Le combat a duré longtemps?

— Un jour et une nuit.

— Sans manger?

— Ni faiblir.

— On n'a donc jamais pu vous frapper au cœur?

— Non, et vous n'aurez pas meilleure chance.

— Je m'en aperçois... J'ai beau fouiller tous les endroits secrets de votre corps, je ne rencontre pas ce que je cherche.

— Que cherchez-vous?

— Votre cœur. »

Lameauvent, se pâmant de rire :

« Puisque je n'en ai pas... Et vous?

— Moi, j'en ai un; mais il est invulnérable.

— La plaisanterie est forte, par exemple! ne pas pouvoir se tuer. De sorte que nous

nous sommes bercés l'un et l'autre d'un espoir chimérique.

— Ah! que n'avez-vous parlé plus tôt? nous ne nous serions pas battus pour le roi de Prusse. »

AU CHATEAU

Vous croyez peut-être que le duc en O devait être ruisselant d'impatience en ne voyant pas rentrer sa fille? Eh bien! pas du tout. Le duc, qui n'avait pas encore déjeuné quand celle-ci lui sauta joyeusement au cou, lui demanda l'heure qu'il était.

« Je n'en sais rien, mon bon papa.

— Ne m'appelle pas bon papa, tu sais que le mot me contrarie. D'où viens-tu?

— Je viens de faire un petit tour du côté du bois, là-bas, là-bas!

— Comme le petit Chaperon rouge. Et tu

n'as pas rencontré de loup, parce qu'il n'y en a pas dans le pays. »

Rondamour baissa les yeux.

« Qu'as-tu donc? reprit le duc; tu parais soucieuse.

— Ah! c'est que j'ai vu deux hommes se battre à l'épée.

— Tu les a regardés?

— Non, je me suis sauvée pour ne plus les voir. Ce doit être si effrayant un duel! n'est-ce pas, cher père?

— Cela dépend des circonstances. Moi, je n'ai jamais eu peur d'un duel.

— Deux hommes peuvent se tuer.

— Un coup double; mais c'est fort joli. De nos jours on ne sait plus le faire. Ponson du Terrail n'aurait pas manqué de nous l'offrir, si la chose était commune.

— Vous parlez toujours de romans.

— Ma fille, les romans sont de l'histoire!... A propos de romans, je suis content de te dire que, pendant ton absence, j'ai songé à toi.

— A moi?

— Oui, j'ai eu la patience de couper tous les feuilletons de Rocambole, y compris ceux de sa résurrection, pour n'en faire qu'un seul et même volume, que tu pourras lire plus à ton aise... Mais comme tu parais distraite!... Pourquoi vas-tu vers la croisée?

— C'est que...

— Tu me caches quelque chose.

— Absolument rien.

— Quand ce ne serait que le soleil; je suis d'avis que tu peux te retirer de devant moi. »

Rondamour regardant plus attentivement encore:

« Ah! mon père!

— Qu'y a-t-il?

— Il n'est pas mort!

— Qui?

— Lui... les... ceux que...

— Achève donc ta phrase. De qui veux-tu parler?

— Des gentilshommes qui se sont battus pour...

— Eh! que m'importe un duel!... Tu

reviens bien souvent sur la même chose.

— C'est que, si je ne me trompe, ils se dirigent du côté du château.

— L'affaire change de face.

— Pourquoi?

— Je me comprends... Après tout, s'ils manquent d'un témoin...

— Vous ne seriez pas le leur, je suppose?

— Qui m'en empêcherait?

— Moi, mon père!... »

Cinq minutes après, un domestique annonçait la visite du vicomte de Lameauvent et celle du baron de Laverdure.

Je préviens le lecteur que la conversation va avoir sa note tonale en A, et que nos personnages auront tous un tic nerveux qu'il ne faut pas imiter :

« Un vicomte et un baron, *murmura* le duc en *haussant les épaules*, quelle petite noblesse!... Faites entrer. »

Les deux héros saluèrent le duc avec un respect des plus profonds et des mieux apprêtés, comme leurs feutres.

« Quel motif vous amène chez moi? » *mazarinada* le duc avec une courtoisie qui sut se placer tout de suite au cran qui convient aux gens qui aiment à dominer les autres.

— Le baron et moi, *glissa* adroitement Lameauvent, venons de nous battre pour votre adorable fille.

— Pour moi? *roucoula* Rondamour.

— Chut! ma fille, *sifflota* le duc en *haussant les épaules;* tu en verras bien d'autres se battre pour toi avant que cela m'émeuve. »

Puis s'adressant aux deux prétendants :

« Messieurs, vous êtes braves l'un et l'autre; mais vous vous êtes mal battus, puisque personne n'a succombé. De mon temps, lorsqu'on se rencontrait sur le terrain, c'était pour laisser quelqu'un dans le fossé que l'on avait eu le soin de creuser d'avance. Vous ne vous êtes pas tués, la partie est nulle; recommencez!...

— Pardon, *infirma* Robert en *haussant les épaules,* nous ne saurions recommencer, par la raison que nous sommes de même force.

— Je ne vous comprends plus, *grommela* le

duc en *haussant les épaules.* Vous n'avez probablement pas l'intention de me demander ma fille tous les deux à la fois?

— J'ai eu l'honneur, *insinua* Lameauvent, de vous demander le premier la main de mademoiselle Rondamour.

— Et j'ai eu l'honneur, *grimaça* le duc, de vous la refuser.

— Je me retire, *susurra* Lameauvent.

— Quant à vous, monsieur de Laverdure, *ricana* le duc en *haussant les épaules,* je ne sais pas quels sont vos titres.

— Je n'en ai pas, *marmotta* Robert.

— Il en a, *s'évertua* Rondamour en *haussant les épaules.* Il en a de sérieux, mon père!

— Où sont-ils?

— Dans mon cœur! *s'écria* Rondamour, attendu qu'il m'a sauvé de la honte d'être déshonorée par des brigands.

— Qui?... lui!

— Oui, le baron Robert de Laverdure.

— Jeune-homme-c'est-fort-bien! *scanda* le duc. Vous ajoutez un fleuron de plus à ma couronne de cheveux blancs. Je félicite ma fille de s'être rencontrée sur votre route ou vous de vous être trouvé sur la sienne, si vous aimez mieux. Mais vous comprendrez que, Rondamour étant mon seul bien, mon unique trésor et ma seule compagnie, je ne veuille pas m'en séparer.

— Nous vivrions au château, *osa poursuivre* Robert.

— N'insistez pas, *répercuta* le duc en *haussant les épaules,* je ne la marierai point ; mon intention n'est pas de devenir grand-père.

— C'est votre dernier mot? *masculina* Rondamour de sa voix la plus expresse.

— C'est mon dernier mot, *clôtura* le duc.

— Eh bien! ce n'est pas le mien, *fulmina* Rondamour en *haussant les épaules.* »

Et parlant à voix basse à Robert, elle lui dit :

« Trouvez-vous à minuit sous les murs du château.

— J'y serai.

— Vous pouvez être assuré que je ne dormirai pas.

— Ni moi non plus.

Pendant ce colloque, le vicomte de Lameauvent était parti en *haussant les épaules.*

a. taiée del. & Sc.   Imp. A. Cadart.

MINUIT ET CINQ TABLEAUX

Il y a deux auxiliaires dans la langue française qui sont aussi les auxiliaires du roman : c'*est* l'auxiliaire *être*, c'*est* l'auxiliaire *avoir*. Chacun *est* heureux d'*être* et d'*avoir* un frère.

Pour la mise en scène du roman, rien de mieux que d'*être* fort sur l'auxiliaire *être* et d'*avoir* toujours à sa disposition l'auxiliaire *avoir*.

Je me propose de vous en faire admirer les effets au clair de la lune, mon ami... lecteur...

Premier tableau :

Il *est* minuit, c'*est* l'heure du crime; mais c'*est* en même temps l'heure de certains rendez-vous, voire ceux des amants.

Robert *est* toujours exact aux rendez-vous. C'*est* au surplus l'exactitude qui *est* la politesse qu'on doit *avoir*, sans *être* roi.

Être exact, c'*est être* deux fois roi.

Et Robert devait *être* royalement content d'*avoir été* exact; car il allait *avoir* très-probablement une entrevue nocturne avec Rondamour, qui *avait* des motifs pour l'*avoir*.

C'*est* ce que nous allons *avoir* l'honneur de vous dire, cher ami lecteur; mais vous devez en *avoir* assez de nos deux auxiliaires; *ayez* la bonté de vous tourner du côté du...

Deuxième tableau :

On voit des flammes sortir de la tourelle qui, dès le début de notre *Roman à l'eau-forte*, nous a montré de loin une chandelle allumée.

Elle était sur le point de mourir, cette chandelle, et nous ne devons pas supposer qu'elle ait mis le feu à... au...

Si ce n'est elle, c'est donc sa sœur?

Bah! laissons courir la flamme avec *la suite* des événements. Il y en a d'impénétrables dans la vie et surtout dans les romans.

Allons à tâtons vers la chambre non éclairée de mademoiselle Rondamour, et voyons si elle s'y est endormie, contrairement à sa parole.

La chambre est déserte, et le lit n'a pas dû recevoir la jeune fille.

« Oh! oh!

— Mais cela ne veut pas dire qu'elle ait déserté le château.

— Où est-elle?

— Venez avec moi dans l'appartement du duc, et vous verrez mademoiselle Rondamour armée d'une gaule qui lui permet de heurter violemment à la porte de la chambre à coucher.

— Quel bruit! grand Dieu! Qui donc ose troubler mon sommeil?

— C'est moi, mon père.

— Vous, ma fille? Qui vous amène?

— La frayeur. Il y a le feu dans la tour du nord.

— J'avais prévu l'accident. Votre femme de chambre est une sotte qui passe la nuit à lire les feuilletons que vous lui prêtez le soir. C'est elle...

— Ne l'accusez pas, mon père, elle est absente. Je lui ai permis d'aller à la fête du village.

— Et Pierrot, mon cocher?

— Il l'accompagne. Thomas, le jardinier; Lubin, votre valet, tout le monde est à la fête!

— Tout le monde est à la fête! Ce n'est pas gai pour moi. Procurons-nous de la lumière, et levons-nous.

— Levez-vous; mais gardez-vous bien de sortir.

— Pourquoi?

— Le cuisinier a jeté ses épluchures dans les oubliettes établies au seuil de votre porte, et il a négligé, le maladroit, de baisser la trappe, de sorte que...

— Le gouffre est béant. C'est dangereux. Il faut donner des ordres au cuisinier pour qu'il le ferme.

— Impossible! Je l'ai envoyé chercher les pompiers. Il est parti en tremblant, le pauvre homme. Je lui ai dit de traverser l'eau, et il est monté tout de suite dans la nacelle qui le conduira au village; mais ramènera-t-il les pompiers? Ils sont heureux de danser à la fête; je crains bien qu'ils n'y restent jusqu'au point du jour. Ils ne voudront jamais ôter leur pantalon blanc, qu'ils saliraient en faisant jouer la pompe.

— Qu'allons-nous devenir? soupira le duc.

— Je l'ignore, soupira Rondamour.

— Les flammes augmentent-elles? Mets-toi à la fenêtre.

— Je n'ose pas regarder du côté de la tour... Mais j'aperçois quelqu'un qui se dirige vers nous... c'est Robert.

— Fais-lui signe de nous secourir.

— Je vais mettre ma chemise au bout de la perche que je tiens.

— C'est une idée!... »

Troisième tableau :

Le baron Robert de Laverdure est tellement absordé, le bandeau de l'amour est tellement serré sur ses yeux, qu'il n'a pas vu ce fameux incendie, qui peut envahir le château.

D'un autre côté, il y a certains envahisseurs qui peuvent être encore plus à craindre que le feu. Ce sont les brigands.

Attirés par la lueur incessante de la tour en péril, ils étaient accourus en nombre pour profiter du désordre qui, suivant eux, ne pouvait manquer de se produire en pareil cas. Et ils ne songeaient rien moins qu'à piller le château.

La fille du duc était à portée, sans être vue, d'entendre leur complot, ce qui ne l'empêcha pas de placer son signal.

Robert leva la tête et vit la chemise de sa bien-aimée.

Il s'écria : « Rondamour! »

Une voix lui répondit : « Robert, nous vous

attendions ! Voyez! il y a le feu à la tour du nord.

— Me voici, l'épée au poing.

— Baron Robert, s'écria le duc, sauvez ma fille!

— Non, Robert, sauvez mon père, *je le veux !*

— Me sauver, murmura le duc, j'y consens ; mais il faut, avant ma personne, sauver mes livres, mes romans et surtout mes feuilletons, qui sont volumineux. Vous avez des hommes avec vous, j'entends leurs voix, dites-leur de me rejoindre pour m'aider à enlever toutes mes richesses.

— Mon père a raison, dit Rondamour; laissez monter vos hommes les premiers, je me charge de leur procurer un échelle ; car la porte d'en bas est fermée.

— Où est-elle cette échelle ? crièrent les bandits joyeux.

— A vos pieds.

— Nous la tenons.

— Il ne s'agit plus maintenant que de la

dresser à la hauteur de la fenêtre d'où je vous parle, » ajouta la jeune fille.

Quatrième tableau :

Les brigands ne se firent pas prier pour monter les échelons avec empressement, et et ils franchirent la fenêtre sans se douter de ce qui les attendait. A peine furent-ils entrés qu'ils dégringolèrent dans le carré des oubliettes sans avoir le temps de dire hélas ! ni de recommander leur âme à Dieu. Pas un seul brigand n'échappa à cet affreux supplice. Ils furent tous taillés, hachés, par les lames entre-croisées qu'ils rencontrèrent le long du chemin qu'ils eurent à parcourir dans le fatal égout...

Et quelques instants après on voyait flotter sur la rivière des bras, des jambes, des têtes et des morceaux de chair humaine ressemblant, pour la plupart, à des tronçons de carpes...

Quand le baron Robert s'élança à son tour au haut de l'échelle, sa fée protectrice l'aida à descendre, et tout danger n'était plus à craindre; car une main puissante, quoique délicate, avait su baisser la trappe des oubliettes.

« Où sont les brigands? demanda Robert.

— Ils suivent le courant de l'eau, répondit Rondamour. Je vous conterai leur mésaventure tout à l'heure; venez m'aider à éteindre le feu de la tourelle. »

Cinquième tableau :

Ne voyant venir personne à lui, le duc, en attendant, s'était mis à rassembler tous les volumes, tous les journaux qu'il tenait à préserver de l'incendie. Une grande quantité de liasses étaient prêtes à subir le sauvetage, mais il n'avait pas complétement terminé sa besogne quand les deux jeunes gens se précipitèrent dans sa chambre pour lui annoncer que le feu était éteint.

« Les pompiers sont donc là? demanda le duc.

— Mon père, c'est le baron Robert qui s'est rendu maître de l'incendie. Voyez ses mains, elles sont fortement brûlées.

— Baron, ce que vous venez d'accomplir me donne un aperçu de votre bravoure et de vos bons sentiments. Vous avez sauvé l'honneur de ma fille, je vous en ai su gré ; mais aujourd'hui que vous sauvez du feu toutes mes richesses, je vous dois le double de reconnaissance. Je suis ému, vivement ému, et si vous me demandiez...

— Vous ne refuseriez rien? mon père.

— Je ne le crois pas.

— Monsieur le duc, je vous demande la main de mademoiselle Rondamour.

— C'est me prendre bien vite au mot. Enfin, je l'ai dit. Soyez heureux ; mais c'est à la condition, mes enfants, que vous serez sages, bien sages! Vous savez que je ne veux pas être grand-père ; les marmots ne permettent pas qu'on se livre sérieusement à la lecture.

— Cher père, dit la jeune fille en l'embrassant, nous vous promettons tout ce que vous voudrez ; mais vous n'ignorez point qu'une femme n'a pas de volonté lorsqu'elle est en puissance de mari.

— Nous verrons cela, » reprit le duc.

A. Taiée del. & Sc. Imp. A. Cadart.

LE BOUQUET

Lorsque l'édifice est achevé, l'artisan place un bouquet au sommet de la cheminée.

Notre édifice n'est pas des plus élevés! mais nous tenons à notre bouquet. Il serait fâcheux qu'il y manquât.

Le bouquet domine tout dans la vie, depuis le faîte du toit jusqu'au biscuit de Savoie; depuis la naissance jusqu'à la mort et même après.

Pas de fête sans bouquet; pas de bouquet sans fête.

Après cinq ans de ménage, le baron et la

baronne de Laverdure pouvaient dire qu'ils avaient un double bouquet de fleurs sous la forme de deux jolis blondins, fille et garçon, lesquels étaient en miniature les portraits de la mère.

Et si Monselet, ce gai conteur, qui a su peindre *les femmes qui font des scènes*, nous permet d'en retracer une à notre tour, nous vous en offrirons le bouquet.

« Tu n'as pas raison, Cornélie, de gâter tes enfants.

— Pourquoi m'appelles-tu Cornélie? ce n'est pas le nom sous lequel tu m'as connue.

— Rondamour!... ce nom, ma chère, m'a toujours paru trivial; je préfère l'autre, puisque c'est aussi le tien.

— Comme tu aimes le changement!

— Pas plus que toi; car tu changes le fil de la conversation pour ne pas répondre.

— Qu'as-tu dit?

— Que tes enfants sont trop gâtés, trop turbulents.

— Comme tu es sévère! Crois-tu que mes

enfants seront tenus de la même façon que je l'étais chez mon père?

— Il me semble que tu faisais parfois tes volontés.

— Quelle liberté avais-je au château?

— Celle de courir les champs.

— Où est le mal? Était-ce un crime de songer à vous?

— Je ne dis pas cela. S'il y a eu crime, c'est plutôt d'avoir mis le feu à la tour du Nord.

— Un beau feu, ma foi! vous l'avez éteint sans difficulté.

— Tout cela n'établit pas votre esclavage au château, et je trouve...

— Vous trouvez toujours à redire sur ma conduite, et la vôtre cependant est plus louche que la mienne.

— La mienne?

— Oui, la vôtre. N'est-ce pas vous qui avez payé des brigands pour me faire attaquer sur la route de...

— Qui vous a renseignée?

— Personne. Mais on a des oreilles. Pendant que j'étais évanouie, j'ai fort bien entendu ce que vous disiez à messieurs les brigands après leur exploit et le vôtre.

— Ah! diantre!

— Certainement. Et vous auriez mérité que je prisse Barbe-Rouge pour mari.

— Un brigand.

— Puisqu'ils étaient vos complices.

— Et vous les avez fait passer plus tard par les oubliettes.

— Pour vous éviter quelque nouvelle lâcheté.

— Ai-je été lâche quand je me suis battu en duel pour vous?

— La belle équipée! Vous étiez invulnérable, et votre adversaire n'avait pas de cœur.

— Vous l'avez su?

— Est-ce qu'une femme ne sait pas tout?

— A propos du duel, qu'est devenue ma rapière? Je l'ai vainement cherchée, et n'ai plus retrouvé dans ma garde-robe mon costume de d'Artagnan.

— Il y a longtemps que tout cela a été vendu au fripier.

— De quel droit?

— A-t-on réellement des droits une fois marié? Par exemple! Vous vouliez peut-être essayer avec cet uniforme de séduire une autre femme? Les folies de jeunesse doivent avoir une fin, mon cher! c'est comme les romans.

— Vous parlez comme un ange, Cornélie.

— Encore!

— Eh bien! je promets de t'appeler Rondamour, si tu ne divulgues jamais nos secrets à tes enfants.

— Moi, les divulguer! pour qui me prends-tu?

— Pour une femme sans caractère. Tu leur donneras le journal à lire, et s'il prend la fantaisie à quelque farceur de romancier de publier nos aventures, ils riront de nous, et tout le monde rira avec eux.

— Voilà bien l'égoïsme des hommes! tu veux priver nos enfants de s'instruire, rapport à toi. Il y a d'ailleurs moyen de les contenter. Puisque tous les romans aujourd'hui sont illustrés, qu'importe notre histoire si les images peuvent amuser nos enfants? On les leur fera voir. N'est-ce pas que j'ai encore une idée?

— Je la trouve *à l'eau-forte*, celle-là!

A. Lalie del. & sc. Imp. A. Cadart.

ÉPILOGUE

J'ai dit,
Tu as dit,
Il ou elle a dit,
Nous avons dit,
Vous avez dit,
Ils ont dit.
Mais tout est-il dit?
C'est à la critique de nous le dire.

TABLE DES MATIÈRES

	Pages.
PRÉFACE A L'EAU-FORTE	1
LE MATIN DU CRIME	5
QUEL EST CET HOMME?	11
DEUX ET UN FONT TROIS	17
LE FIL DE LA VIERGE	21
LE CRIME S'ACCOMPLIT	27
L'HERBE TENDRE	35
MAIS QUELQU'UN TROUBLA LA FÊTE	41
UN DUEL A MORT	45
AU CHATEAU	53
MINUIT ET CINQ TABLEAUX	61
LE BOUQUET	73
ÉPILOGUE	79

IMPRESSION DU TEXTE

PAR J. CLAYE

7, rue Saint-Benoît, à Paris.

TIRAGE DES EAUX-FORTES

PAR CADART

56, boulevard Haussmann.

J. Claye, imprimeur
r. S. Benoît, 7, à Paris

www.ingramcontent.com/pod-product-compliance
Ingram Content Group UK Ltd.
Pitfield, Milton Keynes, MK11 3LW, UK
UKHW020346230726
13925UKWH00003B/989

9 782013 376815